李心潔

在我說願意之前

Before I Say

Text by Sinje Lee Photographic by Chuan Looi

राकेश
कुमार

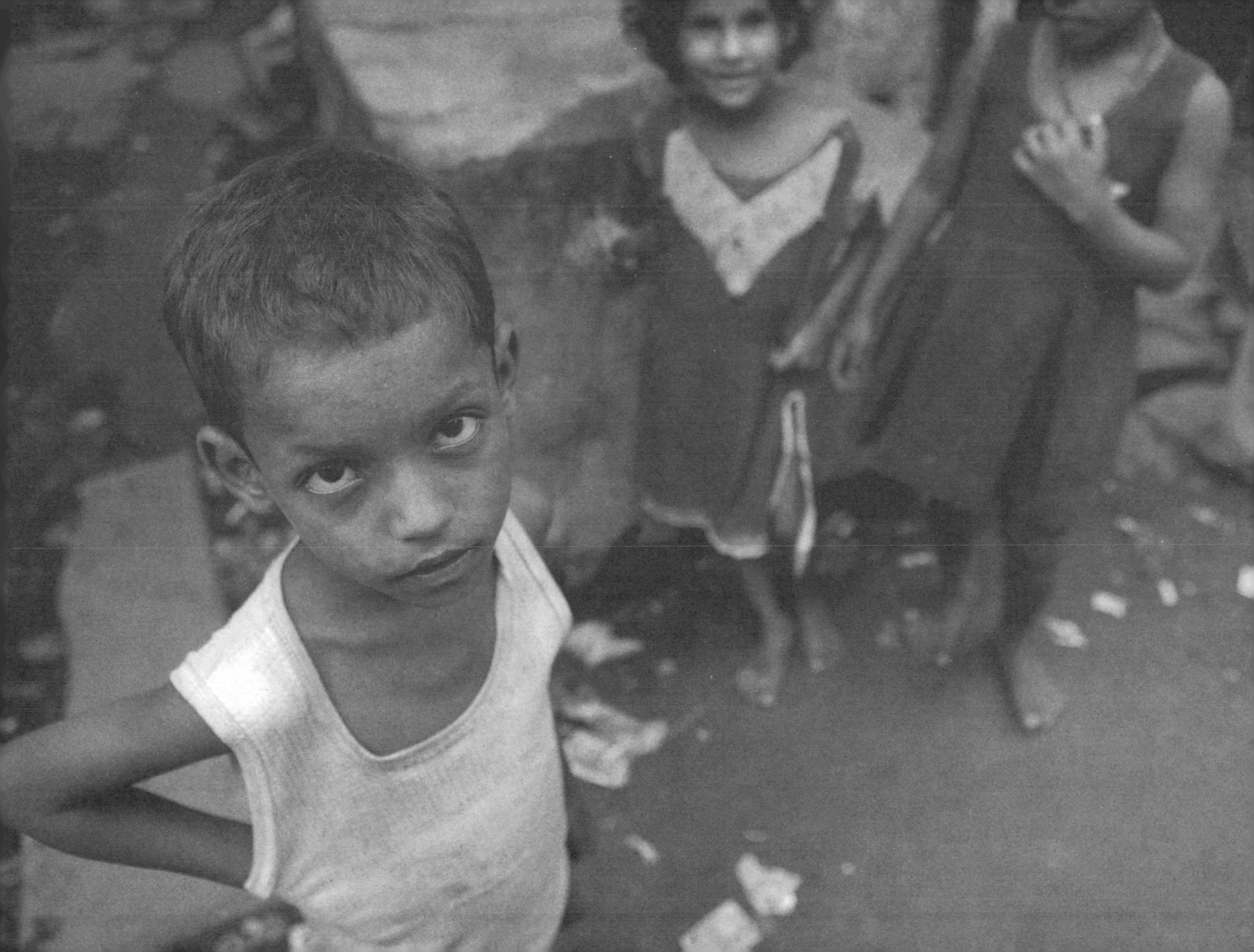

NO
PARKING

50

PLUNGE

圖書館出版品預行
在我說願意之前／李心
——初版・——臺北市：大塊文化・201
面；　公分・——（catch：1
ISBN 978-986-213-212-8（平
855　　　　99020

“YES, I DO.”

catch 171　在我說願意之前　作者：李心潔　攝影：Chuan Looi　責任編輯：繆沛倫　美術設計：wangzhihong.com・王志弘・徐鈺雯
法律顧問：全理法律事務所董安丹律師　出版者：大塊文化出版股份有限公司　台北市105南京東路四段25號11樓　www.locuspublishing.com
讀者服務專線：0800-006-689　Tel：02-8712-3898　Fax：02-8712-3897　郵撥帳號：18955675　戶名：大塊文化出版股份有限公司　版權所有・翻印必究
總經銷：大和書報圖書股份有限公司　地址：台北縣五股工業區五工五路2號　Tel：02-8990-2588（代表號）　Fax：02-2290-1658
製版：瑞豐實業股份有限公司　初版一刷：2010年11月　ISBN 978-986-213-212-8　定價：新台幣600元　Printed in Taiwan